Lycanth-boy

Iván Pastor Villalonga

Lycanth-boy

Iván Pastor Villalonga

Impreso en España | Año 2020
ISBN: 978-84-122905-4-7
D.L.: NA 2068-2020

Edita: Ulzama Ediciones

Maquetación, diseño y producción:
© 2020 Iván Pastor Villalonga
Impresión: © 2020 Gráficas Ulzama www.ulzuma.com
Maquetación: © 2020 Sonia Santandreu www.soniasantandreu.com

Ilustraciones:
© 2020 Cristina Rodríguez Acosta (cubierta y caps. 2, 7, 8, 12 y contraportada)
© 2020 Manuel de la Torre (Cap. 1)
© 2020 Christian Vega Llamazares (Caps. 2 y 9)
© 2020 Eva de Lara (Cap. 4)
© 2020 Juan Sánchez Verde (Cap. 5)
© 2020 Sonia Santandreu (Caps. 10, 18 y 22)
© 2020 Diego Doblas (Cap. 12)
© 2020 Vera Calvo (Caps. 13, 14)
© 2020 Lydia Mancebo (Cap. 19)
© 2020 Guido Rodríguez de Lema (Cap. 20)
© 2020 Carmen Aguilera (Cap. 23)
© 2020 Patricia Rodríguez Estévez (Cap.24)

A mi familia: en especial a mi padre y
a mi hermano Carlos, por su paciencia,
comprensión y cariño. Y, por supuesto,
a mi madre, que me dio y me da la vida
(literalmente) cada día y que me hizo
ver que ningún sueño es imposible.
... y a la VIDA

Prólogo del autor

En abril del 2018, después de una arriesgada cirugía para una biopsia cerebral y el fracaso del nuevo tratamiento, decidí emprender una nueva ilusión: plasmar mis pensamientos, miedos y emociones a través de un libro ilustrado, en forma de ficción fantástica. Como todo estaba en mi cabeza, le pregunté a mi madre: ¿cuánto se tarda en escribir un libro? La respuesta fue decisiva: "el tiempo que tú le dediques". Y puesto que el tiempo es lo más valioso que tengo, decidí no perder un minuto y ponerme a ello.

Me llamo Iván Pastor Villalonga. Soy un chico de 18 años y sufro un tipo de cáncer infantil raro que se llama histiocitosis de células de Lagerhans y que me diagnosticaron cuando apenas tenía cuatro años. Desde entonces, muchas horas de hospital, tratamientos diversos, esperanzas rotas... y un proceso neurodegenerativo progresivo que, sin embargo, no me impide imaginar. Y de ese deseo de imaginar mundos fantásticos nace este libro.

Supongo que todos necesitamos evadirnos en algún momento de lo que nos rodea. Cuando la enfermedad acecha, esta necesidad de evasión se hace más imperiosa. Y aquí es donde la imaginación juega un papel importante. Por eso no quise escribir una historia de mi vida real, a pesar de que, en mi caso, por desgracia ha sido más intensa que la de la mayoría de los chicos de mi edad: ocho años de quimioterapia, seis meses en Boston para entrar en un estudio de investigación y poder mejorar así mi calidad de vida, diferentes tratamientos experimentales... todo aconsejado por mis queridos médicos, tanto en el Hospital Sant Joan de Deu, en Barcelona, como de las Unidades de Cuidados Paliativos, primero en el Hospital Son Espases de Palma de Mallorca y ahora en el Hospital Infantil Niño Jesús, en Madrid.

En mi caso, esta enfermedad ha tenido muchos efectos: desde la necesidad de alimentarme a través de un botón gástrico hasta la ataxia progresiva, que me impide andar y me obliga a desplazarme en silla de ruedas... y, sobre todo, el dolor continuo e intenso (solo con tocarme me duele cualquier parte del cuerpo). A veces lo hacen todo tan complicado... ¡pero así es mi vida!

Y, sin embargo, la enfermedad me ha enseñado cosas. He tenido que aprender a convivir con el dolor y mis limitaciones que van aumentado con los años. Quizá por eso, sin saber muy bien cómo, un buen día empecé a meditar y ahí encontré un camino de superación a través de la evolución personal, espiritual y mental. A los cinco años de empezar con tratamientos hice un proceso de ACEPTACIÓN. Supe que me había tocado vivir así, con mi enfermedad. Esa aceptación ha hecho desaparecer en mí la frustración. No me considero una persona frustrada por estar enferma. Mi cuerpo físico está enfermo, pero en mi interior (en mi mente, en mi alma) estoy sano. He tenido la oportunidad de conocer gente maravillosa: mis doctores, el equipo de investigación de Boston y Barcelona, que siempre buscan algo para que esté mejor; los equipos de Cuidados Paliativos y todo el personal sanitario que me cuida constantemente y que son fantásticos... El hospital, ese segundo hogar, también me ha dado la oportunidad de conocer cómo se vive en una planta de Oncología con otros niños enfermos de cáncer. Algunos de esos guerreros y guerreras ya no están con nosotros, aunque su recuerdo sí está de alguna forma presente en estas páginas.

Pero, como digo, mi enfermedad plantea muchas limitaciones en la vida diaria. Por ejemplo, necesito ayuda para que escriban por mí lo que yo relato. Es por eso que tengo que agradecer especialmente a las personas que han estado a mi lado ayudándome a transcribir lo que solo existía en mi imaginación, empezando por Martin García Parra, pedagogo y voluntario de INèDITHOS, que me ayudó a dar los primeros pasos, que siempre son los más difíciles. Martín se quedó en Mallorca y, al llegar yo a Madrid, su trabajo lo continúo con enorme cariño María Ángeles Suz, colaboradora de la Fundación Ana de Paz. Además, Carlos Muriana, guionista y gran amigo, me ha ayudado desde el principio a darle forma y coherencia a mi historia.

Pero hay muchísimas otras personas a las que tengo que agradecer su tiempo y su ayuda desinteresada. Por supuesto, a todos los ilustradores e ilustradoras, en especial a Cristina Rodríguez-Acosta que los ha coordinado. ¡No os hacéis una idea de lo que ha supuesto para mí ver plasmado en un dibujo aquello que tenía en mi cabeza! ¡Gracias! Y todo esto no habría sido posible sin la ayuda de entidades como la Fundación Porque Viven, que ha ido mucho más allá de su impagable labor en la asistencia con los cuidados paliativos; la asociación INèDITHOS de Palma, que me dio el primer impulso; y, por supuesto, a la Fundación Ana de Paz, que se volcó desde el primer momento con una gran generosidad y, finalmente, ha materializado el sueño de ver mi libro editado.

Este libro es el PROYECTO DE MI VIDA. Mi gran aliciente en los últimos dos años ha sido llegar a terminarlo y verlo editado para así dejar un poco de mí en este mundo que necesita más alegría y fuerza para vivir la vida, siempre con una sonrisa y con ilusión.

Iván Pastor Villalonga

Capítulo 1
"El lobo"

A Navy siempre le había gustado el contacto directo con la naturaleza. Por eso, aquel día, cuando sus padres le dijeron que visitarían el Parque de Yellowstone para celebrar su 14 cumpleaños, se alegró mucho. Después de los últimos ingresos en el hospital, aquel viaje era un verdadero regalo.

Era un día luminoso, tranquilo. El tiempo era excelente y el tibio sol de la primavera invitaba a sentarse en la hierba, de manera que, cuando sus padres y su hermano le dijeron que iban a dar un paseo, él prefirió quedarse allí a meditar. Navy era un chico muy espiritual y la cosa que más le gustaba del mundo era meditar en contacto directo con la naturaleza, disfrutando de la paz y del silencio.

Apenas habían pasado unos minutos cuando ocurrió algo que le cambiaría la vida para siempre. Su meditación alcanzó un punto tan intenso que Navy notó cómo su cuerpo y su espíritu eran transportados a un plano superior, al mundo etéreo donde viven los tótems, que es el nombre que los nativos americanos dan a los animales espirituales.

Cuando Navy abrió los ojos se dio cuenta de que el entorno había cambiado por completo. Ya nada parecía tener un cuerpo físico... Sin embargo, aquel paisaje le resultaba familiar y eso le ayudó a conservar la calma.

—¿Dónde estoy? ¿Qué hago yo aquí?

Por supuesto, nadie contestó a sus preguntas, ni siquiera podía asegurar que las hubiera dicho en voz alta o que las palabras hubieran salido de su cabeza. De hecho, tampoco necesitaba una respuesta. De algún modo, sabía dónde estaba y por qué estaba allí.

De repente, un ligero ruido le hizo darse la vuelta... Un lobo se estaba acercando a él. Era un enorme y amenazador lobo gris. Sin embargo, Navy no sentía miedo alguno, ni siquiera cuando el lobo aceleró el paso y se abalanzó hacia él. Cualquier otro hubiera huido aterrorizado, pero Navy se había quedado muy quieto y sereno... El lobo había atravesado su cuerpo limpiamente, como si no existiesen la carne ni los huesos, aunque eso no quiere decir que no le afectase a Navy, que estaba impactado y aún más cuando observó que su cuerpo comenzaba a sufrir una metamorfosis.

—¿Qué has hecho? —le preguntó al lobo.

—Tranquilo Navy, soy tu animal espiritual. Me llamo Wolf. Recibí órdenes de Anaiyu, el dios lobo, y vine a buscarte.

¡Anaiyu! A Navy por un lado le sorprendió el nombre, pero, por otro, le resultaba familiar... Sin poder pararse a pensar, contemplaba cómo su cuerpo había comenzado a transformarse en el de un lobo un poco más pequeño que el que tenía al lado. Notó que le sobraba la ropa y se despojó de ella. Sus manos ya tenían forma de garra, de manera que, al quitarse la camiseta, la rompió y lo mismo con los pantalones. Sus zapatos no tardaron en explotar por la presión de las garras traseras. Cuando terminó la transformación, convertido ya en un precioso lobezno, no podía dejar de preguntarse:

—¿Qué le ha pasado a mi cuerpo? ¿Por qué ahora soy un animal?

—Te he traspasado parte de mi energía, pero el cambio sólo te durará un par de horas, así que te aconsejo que aproveches el momento y disfrutes de la sensación de ser un lobo.

Wolf se puso a correr por entre los árboles. Navy comenzó a seguirlo. Al principio se mostraba un poco torpe, porque era la primera vez que caminaba a cuatro patas, pero pronto se habituó a su nuevo cuerpo y, transcurrido un tiempo, ya estaba dando saltos y disfrutando de su nuevo ser.

—Esto es muy divertido... ¡Me encanta correr por el bosque!— pensaba.

Durante dos horas, Wolf y Navy recorrieron aquel paraje, disfrutando de cada rincón y cada recoveco: cruzaron ríos, visitaron desfiladeros, treparon a grandes árboles... y lo pasaron genial realizando todo lo que los lobos pueden hacer... ¡hasta cazar! Wolf tuvo la paciencia de enseñarle cómo se logra una presa, fue realmente un maestro comprensivo, aguantando sus errores y reforzando todos sus aprendizajes...Al final, se pararon junto a una cueva, a la que Navy llegó cansado, pero feliz por las experiencias que habían tenido durante el día.

Progresivamente, el pequeño lobo recobró su forma humana: primero la cabeza; luego las patas que se transformaron de nuevo en manos, piernas y pies; después la espalda comenzó a recobrar su pose erguida... La cola era lo último que desapareció, y así, poco a poco se convirtió de nuevo en el chico que era. Eso sí: al terminar el cambio se hallaba completamente desnudo y comenzó a temblar porque sentía frío. Wolf se adentró en la cueva y volvió con algo de ropa de aspecto nativo y un sencillo taparrabos.

—No te harán falta zapatos, le dijo, tienes que estar descalzo para que la tierra conecte contigo a través de tus pies.

Mientras se vestía, Navy se sinceró con su maestro.

—Muchas gracias por todo, Wolf. He disfrutado mucho siendo lobo.

—Volverás a serlo, pero ahora tienes que ir a conocer a Anaiyu y yo no puedo acompañarte.

En ese momento, Wolf lanzó un aullido impresionante. Para cualquiera podría haber resultado aterrador, pero Navy sabía ya que Wolf estaba llamando a un amigo del bosque. Inmediatamente apareció en el horizonte la silueta de un ave. Era un búho. Pero no un búho cualquiera, sino uno impresionante, tres veces mayor que el chico. Tanto que Navy no pudo evitar sobresaltarse un poco cuando el ave aterrizó a su lado.

—Este es Owlen —dijo Wolf—. Él te llevará a ver a Anaiyu, al norte.

—Será un placer —dijo Owlen, que también era capaz de hablar con total naturalidad.

Navy contempló con admiración la majestuosidad de Owlen. Era un búho blanco, con un plumaje mullido y suave sobre el que se veía una montura, como si se tratase de la de un caballo. Con un gesto, Owlen le invitó a montar, y el chico no dudó ni por un instante. Pero antes de iniciar el viaje, Wolf le dio un amuleto de protección, un colmillo de lobo.

—Lleva siempre encima este colgante. Te protegerá en caso de peligro. Volveremos a vernos, amigo.

Navy le miró agradecido y se lo puso justo en el momento en que Owlen comenzaba a batir sus alas. Navy y Wolf se despidieron con la mirada y una sonrisa cómplice mientras el chico se agarraba a las plumas del ave para no caerse al despegar. Poco tiempo después, ambos surcaban los cielos a gran altura. Navy no tenía miedo, al contrario, el gran silencio y el aire en su cara le daban una enorme sensación de paz. Tanta que el chico no pudo evitar abrir los brazos como si fuese él mismo el que volaba. Fue una de las sensaciones más placenteras que había vivido nunca.

Al poco tiempo vio que sobrevolaban un extenso bosque cubierto por un manto blanco. En ese preciso instante, comenzó a desatarse una brutal tormenta de nieve. Los copos helados golpeaban como cristales en la cara del chico, que se refugiaba como podía entre las plumas de Owlen.

—Agárrate bien a mí, Navy —dijo el búho—. ¡Esto se va a poner peligroso!

De repente, de una nube negra salió un rayo. El búho intuyó el peligro y trató de lanzar a Navy sobre un montón de nieve, pero no fue lo suficientemente rápido... El rayo los alcanzó y los dos cayeron inertes sobre la nieve. Tan solo un milagro o un amuleto mágico serían capaces de salvarles la vida.

«Los copos helados golpeaban como cristales en la cara del chico, que se refugiaba como podía entre las plumas de Owlen».

Ilustración de ***Manuel de la Torre***

Capítulo 2
"La tormenta"

El cuerpo de Navy permanecía inmóvil sobre el montículo de nieve. Cualquiera que lo hubiera observado en ese momento hubiese jurado que el chico estaba muerto. Sin embargo, una leve y dificultosa respiración indicaba que solo estaba inconsciente. A su lado, el amuleto que le había entregado Wolf todavía estaba algo humeante, como si fuera el mágico regalo el que hubiera absorbido la mayor parte de la energía del rayo.

Tras unos minutos, Navy comenzó a recuperar la consciencia. Con dificultad, trató de incorporarse en la nieve, pero un dolor muy fuerte que provenía de su hombro y de su pierna izquierda le impidió ponerse de pie. La cabeza le daba vueltas...

—¿Qué ha pasado? —se preguntó Navy, todavía confuso por la situación, observando su ropa chamuscada.

En seguida vio que, no muy lejos de él, una figura, tan blanca como la nieve que lo rodeaba, se movía ligeramente. Navy se dio cuenta de que esa figura no era otra que la de Owlen. Venciendo el dolor, se puso de pie y se acercó a atender al viejo búho.

—¡Owlen! ¡Owlen! ¿Cómo estás? —gritó Navy, temiendo por la vida del ave.

Owlen levantó la cabeza y trató de tranquilizarlo.

—Bien, no te preocupes. ¡Todavía no se ha inventado un rayo capaz de acabar conmigo! —dijo en tono algo fanfarrón.

Pero Navy se dio cuenta de que tenía rota una de sus alas y bastantes quemaduras oscuras por todo su cuerpo que contrastaban con el blanco del plumaje.

—Cuando vi llegar el relámpago, te lancé al suelo para que no salieras muy herido —siguió contando Owlen —pero el rayo nos alcanzó a ambos. Lo que realmente nos salvó fue el amuleto que te dio Wolf. Sin él posiblemente no habríamos tenido tanta suerte...

Navy se sentía verdaderamente afortunado por haber recibido aquel regalo de su admirado amigo. Tras colocárselo de nuevo al cuello, ayudó a ponerse de pie al ave que, con un gesto, señaló su ala rota.

—Tendrás que seguir tú solo hasta la casa de Anaiyu.

—Pero ¿cómo sabré dónde está?

—¿Ves aquella montaña en el horizonte? Su casa está en lo más alto de ella.

—¿Y cómo llego hasta allí? Es un bosque muy grande, tengo bastantes heridas y estoy muy dolorido...

—De tus heridas me encargaré yo.

El búho le hizo un gesto para que se acercara y le cubrió con el ala que no estaba herida, en una especie de abrazo sanador. Inmediatamente, Navy notó cómo el poder espiritual del ave traspasaba su propio cuerpo, eliminando el dolor y curándole las heridas.

—¡Guau! Gracias —exclamó Navy, realmente sorprendido—. Pero aún está demasiado lejos para mí. Es imposible que pueda llegar antes de que se desate la tormenta.

Owlen lo miró con ojos severos.

—¡En este mundo nada es imposible para quien tiene la voluntad de conseguirlo! Además, te he transferido una fracción del poder espiritual de todos los animales del bosque, incluyendo el mío. Y todavía mantienes parte de la esencia que te transmitió Wolf.

—¿Y qué pasará contigo? —preguntó Navy, preocupado por el estado del ala de su amigo.

—Tranquilo, mi esencia se retirará a un lugar de recuperación para espíritus que se encuentran heridos, como me pasa a mí. Y ahora, vete.

Owlen dijo esto mientras comenzaba a desaparecer. Navy quedó perplejo, pero se dio cuenta de que tenía que iniciar su camino, esta vez en solitario. Empezaba a asumir sus retos.

Miró fijamente a la montaña a la que tenía que dirigirse y comenzó a andar. Al principio caminaba con cuidado, como si desconfiase de que las heridas se hubiesen curado del todo. Pronto empezó a moverse más ligero, y, al poco tiempo, estaba corriendo a una velocidad inusual en él...

—Pero ¿cómo puedo ir tan rápido ahora? —se preguntó. Entonces recordó las palabras de Owlen sobre el poder espiritual que le había dado—. ¡Con que esto es solo una fracción del poder espiritual de todos los animales del bosque ¿eh?!

Era feliz al sentir en su cuerpo ese inmenso poder. Corría y saltaba de roca en roca como si nada pudiese pararlo.

—¡¡¡Yuhoooo!!! —gritó.

De repente llegó al borde de un desfiladero con tanto ímpetu que tuvo que frenar en seco para no caer al precipicio. Navy miró con atención y observó que no había posibilidad de rodear el lugar por ningún lado. No había más remedio que saltar, pero había casi veinte metros de distancia hasta la otra orilla ¿Cómo lo iba a hacer? ¿Sería suficiente el poder que le había conferido Owlen?

Se detuvo observando cómo se hacía más fuerte la tormenta. No había tiempo para dudas. Tendría que confiar en sí mismo y en sus nuevos poderes... Se concentró en su objetivo, cogió carrerilla y saltó impulsado por sus piernas que parecían tener la potencia de las patas de un gran lobo. De pronto se vio a si mismo planeando en el aire como antes lo había hecho Owlen. La otra parte del desfiladero estaba lejos... Navy tuvo que concentrarse más profundamente que lo había hecho nunca en su vida, sabiendo que, si no lo hacía, caería sin remedio al precipicio.

«Navy tuvo que concentrarse más profundamente que lo había hecho nunca en su vida, sabiendo que, si no lo hacía, caería sin remedio al precipicio».

Ilustración de ***Cristina Rodríguez-Acosta.***

Salió de ese estado de concentración cuando se sintió rodando por el suelo entre el hielo y la nieve. El aterrizaje había sido terrible, pero... ¡lo había conseguido!

—Bueno, parece que está claro —se dijo a sí mismo—. El poder del bosque es inmenso, pero yo todavía tengo que aprender a controlarlo.

Luego volvió a mirar el cielo. La tormenta arreciaba y no había tiempo que perder. Tenía que llegar

a su destino lo antes posible. La niebla era espesa y apenas era capaz de orientarse. Por suerte, tras un rato de lucha contra el viento y la lluvia helada, aquélla se disipó y se dio cuenta de que había llegado al pie de la montaña en la que vivía Anaiyu. Confiando de nuevo en el poder espiritual que le había dado Owlen, se puso a escalar por la escarpada pared. No resultaba nada fácil: en algunos lugares, la roca estaba tan afilada que se clavaba en su piel como un cuchillo; y en otros, la lluvia la convertía en una pista resbaladiza en la que, a duras penas, podía mantenerse en pie.

La ascensión era cada vez más fatigosa, y Navy comenzaba a notar que le fallaban las fuerzas. De repente, una de las piedras en las que apoyó su pie se desprendió y el chico empezó a caer por la ladera. La intuición le hizo agarrarse a tiempo a una rama que sobresalía de la pared, salvando su vida... Pero la situación era crítica. Navy no sabía cómo iba a salir de allí por sí mismo y empezó a desesperarse. Entonces, la voz de Wolf resonó en el interior de su cabeza.

—¡No te rindas!

—¿Wolf? ¿Eres tú? —gritó Navy.

—Tienes que llegar. Anaiyu es un ser celestial, él podrá ayudarte mucho más...

Navy miró alrededor tratando de encontrar a su amigo. Pero en seguida comprendió que la voz que escuchaba estaba en su interior, y eso le dio la tranquilidad y la fuerza que necesitaba para aferrarse a un saliente de la roca y seguir escalando, poco a poco, hasta alcanzar lo más alto de la pared. Estaba agotado por el esfuerzo, pero no pudo evitar sonreír al ver que, no muy lejos de donde él estaba, se veía una cabaña india, decorada con todos los colores de los nativos norteamericanos. Algo le decía que había llegado al sitio adecuado; estaba frente a la casa de Anaiyu.

Cuando consiguió recuperar la respiración, se puso en pie y, cojeando y con la ropa hecha jirones, se acercó a aquel lugar que desprendía un aura especial. El muchacho estaba a punto de perder el conocimiento por el cansancio, las heridas y el frío, cuando vio que la puerta se abría. Recortada sobre la luz que salía del interior, apareció la silueta de lo que parecía un lobo bípedo con manos. Sin duda, se trataba de Anaiyu, que había intuido la presencia del chico y salía a socorrerle.

—¿Anaiyu, eres tú? —preguntó Navy con un hilo de voz.

Apenas pudo ver que el misterioso ser asentía con la cabeza antes de desmayarse. Por fortuna, el dios lobo llegó a tiempo de cogerlo en brazos antes de que cayera al suelo y lo llevó al interior de su hogar. Entonces, usando un poder espiritual mucho mayor que el de Wolf y Owlen juntos, hizo que la cabaña desapareciera de donde estaba.

«La voz de Wolf resonó en el interior de su cabeza».
Ilustración de ***Christian Vega Llamazares***

Capítulo 3
"El dios lobo"

Cuando Navy despertó, se encontró en una cama sencilla pero muy cómoda en la que le había colocado Anaiyu para que entrase en calor y descansase. No sabía cuántas horas había dormido, pero tenía la sensación de que había pasado bastante tiempo. Se encontraba bien y descansado; pero pronto notó que todavía le dolía el cuerpo después de su accidentado viaje.

—¡Ay, mi cabeza! —dijo Navy al incorporarse.

—¡Genial, estás despierto! —contestó Anaiyu con voz alegre.

—Tú tienes que ser Anaiyu...

Anaiyu asintió con una sonrisa en su rostro.

—Vamos a quitarte esta ropa rota y a curarte las heridas, ven.

Anaiyu le dio un bastón y le ayudó a ponerse de pie. Luego le hizo pasar a un espacio que parecía una enfermería donde se tenía que quitar la ropa, hecha jirones, para curarle mejor.

—Te llamas Navy ¿verdad? —dijo mientras le vendaba el brazo para protegerle las heridas.

—Sí, ¿cómo lo sabes? —le preguntó el chico, intrigado.

—Owlen me lo dijo cuando te metí adentro. También me contó todo lo que has tenido que pasar para llegar hasta aquí.

—Pero... ¡Owlen no pudo acompañarme por culpa de su ala rota! ¿Cómo te lo contó?

—No me hace falta encontrarme físicamente con él para hablarnos: él y yo nos comunicamos sin necesidad de palabras.

Navy trataba de asimilar lo que le decía Anaiyu, pero en ese momento lo que más le preocupaba era la salud de su amigo.

—¿Sabes si está bien?

—Tranquilo, está bien, descansa en un hospital espiritual.

Navy se quedó con ganas de preguntar qué era eso del hospital espiritual y qué diferencia había con los que él conocía, pero se dio cuenta de que la forma en la que Anaiyu curaba sus heridas no tenía nada que ver con la que los médicos del mundo real lo hacían.

—¡Ya está! He acabado —dijo por fin Anaiyu.

Navy se incorporó y comprobó que podía caminar perfectamente sin el bastón y que incluso el dolor de cabeza había desaparecido.

—Quédate ahí de pie un momento —añadió.

Navy se fijó en la expresión del dios lobo mientras este se concentraba: en su cara empezó a dibujarse una especie de máscara con forma de «W» que pasaba por debajo de los ojos y que acababa en ambas orejas. De repente, de un punto de esa «W», en el entrecejo, salió un rayo de energía, un haz de luz que alcanzó a Navy vistiéndolo con una túnica blanca.

—Vaya ¡qué cómoda es esta tela! —dijo Navy mientras comprobaba que la marca desaparecía de la cara de Anaiyu—. Por cierto, ¿qué era esa línea que ha salido en tu frente?

—Es la marca de la manada —contestó Anaiyu—. Todos los espíritus de nuestra manada la tienen. Y tú también.

—¿Yo? —preguntó Navy, lleno de estupor.

—Sí, aunque no se te vea, tú también la tienes.

El chico se tocó la frente, pero no se notó nada raro...

—Tranquilo. Ya tendrás tiempo de ver cómo va apareciendo y el poder que tiene. Pero ahora necesito que me entregues el amuleto que te dio Wolf —le dijo Anaiyu mientras extendía la mano—. Tengo que purificarlo tras todo lo que ha sucedido.

Navy se quitó el talismán del cuello y se lo entregó con total confianza. Entonces Anaiyu, utilizando su poder espiritual, extrajo las energías negativas que se habían acumulado en el amuleto y se lo devolvió. Navy se lo puso de nuevo al cuello y, de repente, sintió que su cuerpo era invadido por una energía enorme.

—¡Guau! ¡Es increíble! —dijo el chico entusiasmado—. ¡De repente, me siento muy fuerte! ¿Qué es esto? —preguntó Navy.

—Es la energía y la esencia de todos los animales espirituales. Un poco menos de esencia que de energía, porque la cantidad de esencia no importa en absoluto.

—¡No he entendido nada de lo que me has dicho!

—No te preocupes. Lo importante es que entiendas que, a partir de ahora, no debes separarte de este amuleto.

—¿Por qué? ¿Qué quieres decir con eso de «a partir de ahora»? —preguntó Navy.

—Siéntate —dijo Anaiyu con un tono serio en su voz.

Navy comprendió que se trataba de algo importante y se sentó, expectante. Tras una pausa, el dios lobo comenzó a hablar.

—¿Has oído hablar alguna vez de Sylas? —Navy negó con la cabeza—. Sylas es la misma personificación del mal. Es un ser maligno, muy poderoso, pero una fuerza superior lo mantiene confinado e inactivo la mayor parte del tiempo. Sin embargo, cada tanto, esa fuerza flaquea y Sylas despierta, amenazando con destruirlo todo. No sólo este mundo etéreo de los espíritus al que llamamos Sílcux, sino también el mundo físico, es decir, el planeta en el que tú vives.

—¿Qué? —gritó Navy con un tono de preocupación—. Quieres decir que...

Anaiyu asintió con gesto grave.

—Así es. Tu casa, tus seres queridos, tú mismo... todo lo que conoces y amas podría quedar destruido.

—Pero... ¡No podemos dejar que eso ocurra!

—No, y por eso estás tú aquí.

Navy lo miró, perplejo. No sabía muy bien qué había querido decir con aquella frase... El gran maestro se lo explicó con calma, tratando de tranquilizarle.

—La fuerza de Sylas, cuando despierta, es inmensa. Solamente un ser humano con un grado espiritual elevado puede ayudarnos a vencerlo; por eso, cada vez que esto sucede, debemos elegir a una persona que nos ayude en la lucha. Eso es lo que llamamos un lycanther.

—¿Un lycanther? —preguntó Navy, sin apenas creer lo que estaba escuchando. —¿Y está vez me habéis elegido a mí?

Anaiyu asintió. Navy lo miró en silencio y comenzó a sentirse nervioso, abrumado por la responsabilidad.

—No estoy seguro de poder hacerlo— dijo por fin.

—Puedes hacerlo ¡Y debes hacerlo!

—Pero ¿por qué yo? ¡No soy un guerrero! —se quejó—. ¿Y si no tengo la fuerza suficiente?

—La fuerza espiritual es grande en ti, aunque todavía no sabes dominarla. Tendrás que entrenar duramente para conseguirlo. Y no lo harás solo, tanto yo como Owlen y Wolf y otros maestros del mundo de Sílcux estaremos a tu lado.

Navy se tranquilizó un poco al saber que podía contar con la ayuda de Anaiyu y de sus amigos. Por fin, fue capaz de dejar a un lado sus dudas.

—Está bien. Lo haré.

—No esperaba menos de ti —contestó Anaiyu.

—Pero ¿cuánto falta para la batalla?

—Aún falta un año para que Sylas despierte.

—¿Un año? ¿Y qué pasará con mi familia en la Tierra durante todo ese tiempo?

—Tranquilo. Un año en Sílcux equivale a una hora en tu mundo— dijo Anaiyu—. Sin embargo, tenemos que apresurarnos. Mañana mismo comenzaremos con tu entrenamiento. Aunque antes... tendrás que bañarte.

Anaiyu hizo un gesto con su mano y la puerta de la cabaña se abrió de par en par, dejando ver un precioso paisaje dominado por una laguna. Navy se quedó boquiabierto: ese lago no estaba allí la noche anterior, cuando él terminó de escalar el precipicio. Era como si la casa hubiese cambiado de lugar de manera mágica mientras él dormía. Maestro y aprendiz salieron para admirar aquel hermoso lugar.

—¡Es precioso! —dijo Navy

—Es el Lago de la Sabiduría del Guerrero. Lo llamamos así por las propiedades milagrosas que otorga a quienes nadan en él.

—¿Y cuáles son esas propiedades? —preguntó el chico.

—No lo sé... solo funciona con los guerreros elegidos —dijo Anaiyu en un tono enigmático—. Pero sí sé que es algo muy bueno, ya que todos aquellos que han entrado han salido dispuestos a vencer al mal.

Navy no podía apartar los ojos de esa laguna que parecía atraerle como un imán.

Capítulo 4
"El lago"

A medida que se concentraba en la imagen del lago, Navy se sentía más impaciente por experimentar las propiedades mágicas de aquellas aguas.

—¡El lago es más grande de lo que parece! —le advirtió Anaiyu mientras se aproximaba a la orilla—. Una vez estés dentro, cambiará la percepción de su tamaño y notarás que te adentras en una dimensión diferente. Pero sé precavido: en cuanto te alejes unos metros de la orilla, dejaré de verte.

—De acuerdo, aunque... ¡no tengo traje de baño! —contestó algo avergonzado.

—No lo necesitas. Es mejor así. El agua tiene que bañar todo tu cuerpo. Es necesario que toda tu piel sienta su contacto —le explicó Anaiyu

—¿Y qué debo hacer cuando esté en el agua?

—Tan solo debes preocuparte por llegar a la cascada que se encuentra al otro lado. Cuando estés allí, tu instinto te dirá lo que tienes que hacer.

Navy asintió con la cabeza y se quitó la túnica, quedándose desnudo. Algo temeroso, pero impaciente por sentir el contacto del agua, acercó sus pies descalzos para probarla. Se sorprendió al notar que no estaba fría; al contrario, sintió que una sensación de calidez entraba por sus pies y, a medida que el agua mojaba su cuerpo, experimentó una sensación de paz y bienestar que le inundó por completo. Ni siquiera sentía ya apuro por hallarse desnudo...

Cerró los ojos unos segundos para disfrutar de la intensidad de ese momento y, cuando los abrió de nuevo, se dio cuenta de que Anaiyu había desaparecido de su vista y que el paisaje había cambiado por completo. El lago parecía ahora un lugar inmenso, como un mar, y apenas podía intuir donde estaba la otra orilla. Por unos momentos se sintió algo inquieto al verse tan pequeño en medio de esa inmensidad... ¿Y si tenía problemas o se agotaba de nadar? ¿Quién iría en su ayuda? Pero en seguida se tranquilizó y notó el impulso inconsciente de bucear. Para su sorpresa, percibió que no flotaba ni volvía a la superficie como solía ocurrir en la Tierra. Subía y bajaba a voluntad, como si fuera un pez. Además, podía ver bajo el agua con nitidez y prácticamente no necesitaba salir a tomar aire. Era como si, de repente, se encontrase en su medio natural.

Navy se fijó en una manada de delfines que nadaban a lo lejos persiguiéndose unos a otros, como si estuvieran jugando. Uno de esos cetáceos detectó al muchacho, se giró y, nadando con rapidez, se acercó hasta él. El chico, receloso, subió a la superficie a respirar y vio que el delfín también lo hacía. Entonces presintió que quería hablar con él. Y así era. El delfín dio un salto y expulsando un chorro de agua por su espiráculo dijo:

—Hola Navy, mi nombre es Duphin —dijo telepáticamente.

—¿Acabas de usar telepatía? —preguntó Navy sin darse cuenta de que él también la estaba usando.

—Sí, los delfines hablamos mentalmente —respondió—. Tú debes ser el elegido para luchar contra Sylas.

—¿Me conoces? —preguntó Navy.

—Vivimos en este lago desde hace mucho tiempo, así que es normal que sepamos que ibas a venir. Además, hemos conocido a muchos de los elegidos —respondió Duphin, siempre sin emitir ningún sonido.

—Entonces sabrás a dónde tengo que ir.

—Sí, te vamos a ayudar a llegar más rápido.

Duphin se dio la vuelta buscando a los demás delfines y con un sonido agudo que salió de su boca, convocó a la manada. Al acercarse, los cinco delfines comenzaron a nadar en círculos alrededor de Navy, que se sintió invadido por un poder espiritual, al tiempo que veía cómo sus piernas se transformaban en una cola de delfín.

—¿Qué ha pasado? —dijo Navy telepáticamente.

—Ya sabemos que Anaiyu te ha dado la esencia de todos los animales del mundo, así que nosotros te hemos ayudado a convertirte en delfín —le respondió Duphin.

Navy comenzó a tomar el control de esa nueva extremidad que le permitía moverse en el agua con rapidez y comodidad ¡Otra vez sufría una nueva transformación!

—No estoy seguro, pero creo que no ha sido casualidad el que me encontrara con vosotros —dijo Navy.

—Tienes buen instinto. ¡Eso es muy buena señal! —contestó Duphin—. Todos los elegidos que visitaron este lago antes que tú tenían en común el elemento agua en su horóscopo, y todos ellos pasaron por la experiencia de transformarse en un delfín. Espero que tú también te encuentres cómodo.

—¡Sí, es genial!

—Pero aún falta algo.

Duphin y sus compañeros comenzaron a nadar alrededor del chico, rozándolo suavemente cada vez que pasaban junto a su cuerpo. Y cada uno de esos roces hacía que creciese poco a poco en su espalda una aleta dorsal.

—¡Guau! —dijo Navy, asombrado, cuando notó el nuevo apéndice que asomaba de su cuerpo desnudo.

—Ahora tienes que imitar nuestros movimientos para que aprendas a nadar como un verdadero animal marino —le dijo Duphin.

«Duphin y sus compañeros comenzaron a nadar alrededor del chico, rozándolo suavemente cada vez que pasaban junto a su cuerpo».

Ilustración de ***Eva de Lara.***

Los delfines enseñaron a Navy a usar su cola de delfín para impulsarse y su aleta dorsal para cambiar de dirección. Tras unos minutos de práctica, Navy sintió que su cuerpo se había adaptado perfectamente al agua comenzando a nadar tan rápidamente como lo hacían ellos.

—¡Ya nadas muy bien! —le comentó Duphin—. Es momento de ir a la cascada.

La manada, de la que ahora Navy formaba parte, comenzó a nadar velozmente; apenas unos minutos después ya habían cruzado el lago. Duphin hizo un gesto y todos se detuvieron. Sólo entonces se percató Navy del estruendo que se escuchaba: era el ruido que hacía el agua al caer desde una gran altura.

—¿Hemos llegado? —preguntó Navy, siempre usando la telepatía.

Los delfines asintieron. Navy subió a la superficie y contempló la majestuosidad de la cascada que tenía delante de sus ojos.

—Así que ésta es la cascada de la que me habló Anaiyu —pensó Navy para sí—. Pero, me pregunto ¿qué tengo que hacer aquí?

El chico se sumergió de nuevo buscando el consejo de sus amigos, los delfines, pero éstos ya se alejaban nadando tan velozmente como habían llegado, así comprendió que estaba, otra vez, solo en esto y volvió a la superficie.

—Anaiyu me dijo que confiase en mi instinto —se dijo a sí mismo, tratando de darse ánimos.

Al mirar con detenimiento, observó que la luz del sol traspasaba el agua en algunas zonas de la cascada, iluminando lo que parecía una cueva. No sabía por qué, pero Navy intuyó que lo que buscaba estaba dentro de esa cueva, al otro lado de la cortina de agua que caía con una fuerza enorme. Tendría que demostrar su valentía si quería averiguar lo que había allí. De pronto, recordó las ocasiones en las que había ido a ver delfines en el zoo y los ejercicios y saltos que realizaban.

Así que respiró hondo, tomó todo el impulso que pudo con su cola de delfín y saltó al interior de la cueva, atravesando la catarata.

Capítulo 5

“El sauce”

Navy atravesó la pared de agua que caía con fuerza y aterrizó en una especie de río subterráneo que parecía adentrarse en el interior de la cueva. Enseguida se percató del silencio y la oscuridad que lo rodeaban y cuando volvió la cabeza vio que la cascada que acababa de traspasar había desaparecido por completo, como si hubiese sido sustituida por una pared sólida y oscura, como el resto de la cueva.

—¿Dónde estoy? Casi no veo...

Navy dejó que sus ojos se acostumbraran a la oscuridad como si fueran los de un búho, por lo que no tardó en apreciar unas pequeñas luces que brillaban al fondo. Intrigado por ellas, pensó en ir en esa dirección nadando por el río. Sin embargo, a medida que avanzaba por la corriente, sintió que perdía la sensibilidad de su cola de delfín. Miró hacia abajo, pero ésta había desaparecido. De nuevo estaban sus piernas, al tiempo que también su aleta dorsal había desaparecido.

—Vaya ¿qué ha pasado? Yo no elegí volver a la normalidad —se dijo a sí mismo.

Entonces, recordó la sensación que había tenido al atravesar la cascada.

—Quizás haya sido la cascada la que me ha devuelto mi forma humana —pensó Navy.

Recuperada su propia naturaleza y, completamente desnudo, comenzó a nadar a la manera humana hacia las luces parpadeantes que, inexplicablemente, le atraían. Poco a poco, la cueva se iba ensanchando y esas luces se iban haciendo más brillantes, de manera que Navy podía ver la multitud de estalactitas que colgaban del techo, ofreciéndole un magnífico espectáculo. El chico se apoyó en una roca para descansar y para admirar la belleza de la cueva.

Tras descansar un poco, siguió adelante hasta encontrarse con una especie de recodo, lo dobló y entonces vio un precioso jardín lleno de vegetación: flores de mil colores, plantas diversas y una extraña luz que lo iluminaba todo, pero que no se sabía de dónde provenía (al fin y al cabo, seguía en el interior de una cueva). Y, en el centro de ese maravilloso jardín, un enorme sauce, alrededor del cual volaban miles de luciérnagas. Abrumado por la especial belleza del ambiente que le rodeaba no pudo evitar preguntarse en alta voz:

—¿Qué es esto? ¿Dónde estoy?

—Guerrero, acércate —dijo de repente una voz.

—¿Quién ha dicho eso? —preguntó Navy intentando ver quién le hablaba.

—Me tienes delante. Puedes llamarme Ánzant.

Sin saber cómo, Navy comprendió inmediatamente que quien le hablaba era el sauce que se erguía majestuoso delante de él, en un islote rodeado de agua poco profunda. De hecho, ya nada le sorprendía en exceso, y empezaba a pensar que todo era posible en este mundo paralelo en el que estaba... Ánzant desprendía un aura muy poderosa y pura, lo que hizo que Navy confiara en él desde el primer momento.

—Acércate —dijo Ánzant, con una voz que a Navy le resultaba extrañamente conocida...

Navy salió del agua y subió unos escalones de piedra para llegar al pequeño islote en donde se encontraba el sauce, que parecía un árbol antiquísimo. Sus ramas estaban en flor y emitían un brillo que creaba un aura mágica a su alrededor. Navy, maravillado por la preciosidad del sauce, se situó debajo de sus ramas e intentó cubrir su desnudez con algunas hojas.

—No tengas vergüenza, Navy. Aquí debes mostrarte tal cual eres— dijo Ánzant.

Navy le creyó y soltó las hojas.

—Has llegado hasta aquí. Eso dice mucho de tu fuerza y tu determinación. Pero aún te falta bastante para poder asumir la tarea a la que te vas a enfrentar.

—¿Y cómo puedo obtener todo lo que me falta?

—Yo te ayudaré. Te daré el poder de controlar la energía espiritual como hacen tus maestros —dijo Ánzant.

—Con la palabra maestros te refieres a Anaiyu, Owlen y Wolf, ¿verdad?

—Sí, ellos mismos —respondió el árbol.

En ese momento, una rama del gran sauce se dobló hacia Navy hasta tocar su entrecejo, él sintió como si saltara una chispa, e, inmediatamente, notó como su conciencia y la del árbol se conectaban.

—Yo he sido testigo de todas las conciencias de cada guerrero, pero tú tienes algo especial. A pesar de tu corta edad, tu nivel espiritual es más alto que el de cualquiera de tus antecesores.

Ánzant decía esto con una voz grave y seria que Navy ya no escuchaba en sus oídos, sino en su interior. Se sintió halagado por estas palabras, aunque, al mismo tiempo, sentía el peso de la responsabilidad de saberse elegido.

—Mi espíritu ha cumplido su misión en esta forma física —continuó el árbol—. A partir de ahora me alojaré en tu conciencia. Siempre que quieras pedirme consejos, solo siéntate a meditar.

—¿Dónde tengo que meditar para hablarte? —preguntó Navy—. Presiento que no puede ser en cualquier lugar.

—Solo confía en tu instinto, él te dará la clave. Pero, sobre todo, recuerda: tienes que entrenar muy duro, ya que todos los seres de este mundo espiritual que es Sílcux han depositado sus esperanzas en ti.

«Sin saber cómo, Navy comprendió inmediatamente que quien le hablaba era el sauce que se erguía majestuoso delante de él, en un islote rodeado de agua poco profunda».

Ilustración de ***Juan Sánchez-Verde (Yodoctor.es).***

Mientras terminaba de hablar, la rama del gran sauce se separó del entrecejo de Navy y este experimentó que las dos conciencias se desconectaban.

—Ahora vuelve con Anaiyu.

—¡Gracias, Ánzant!

—No hay de qué, es mi deber —dijo el gran sauce, mientras desaparecía tras haber cumplido su misión.

Navy volvió al río que conducía a la cascada. Mientras nadaba, reflexionaba sobre lo que le acababa de pasar y comenzaba a ser consciente de la enorme tarea que le esperaba. Sin embargo, estaba decidido a entrenar duro para salvar tanto al mundo espiritual de Sílcux como a su propio mundo, la Tierra.

Capítulo 6

"El agua"

Navy no tardó en llegar al sitio por el que había traspasado la cascada, que seguía siendo invisible a sus ojos. Se concentró y la «W» apareció en su rostro y empezó a brillar. Su poder mental hizo que aquel tramo de la cueva se iluminase, al tiempo que el rumor de las aguas volvía a sonar con fuerza y la cascada aparecía ante él. Todavía sorprendido por el poder que le había dado Ánzant, volvió a concentrarse y, haciendo un gesto con sus manos, consiguió que la cortina de agua se abriese en dos, dejando ver el hermoso lago por el que había venido. Navy tomó impulso y saltó a través del hueco abierto en la catarata.

Al zambullirse en el lago vio que Duphin y su manada le esperaban. Sabían que estaría agotado después de la experiencia de la cueva y del uso de sus nuevos poderes... Realmente lo estaba tanto que su cuerpo no se transformó de nuevo en delfín, así que dos de los animales se acercaron a él y le indicaron que se cogiera de sus aletas dorsales. Los delfines comenzaron a nadar con rapidez, llevando a Navy hasta la otra orilla. Cuando salió del agua estaba completamente agotado, pero se animó al ver la figura de Anaiyu que le estaba esperando y le ayudó a salir del agua. Tras despedirse de los delfines, Navy comenzó a caminar al lado del gran maestro.

—¿Qué tal estás, Navy? —preguntó Anaiyu

—¡Listo para entrenar! —contestó el chico con determinación.

Después de una noche de descanso en casa de Anaiyu, Navy despertó impaciente por iniciar el entrenamiento. Su intuición le decía que le quedaba un largo camino antes de estar suficientemente preparado como para poder enfrentarse a Sylas y no podía evitar estar preocupado por tanta responsabilidad. En ese instante recordó el amuleto que llevaba al cuello. Al tocarlo, se sintió más tranquilo.

Se levantó, extrañado por el silencio que había en la cabaña... Aunque percibió un rumor acompasado que llegaba del exterior. Abrió la puerta y descubrió que, durante la noche, la cabaña había vuelto a cambiar de lugar. Ahora estaba frente a una playa de arena blanca y aguas cristalinas en la que las olas marcaban un ritmo suave que invitaba a relajarse.

Pasaron unos segundos hasta que sus ojos se acostumbraron a la luz del sol y al blanco de la arena. Solo entonces descubrió, muy cerca de la orilla, la silueta de Anaiyu, que permanecía sentado frente al mar, en pose de meditación. El chico se acercó a él sin hacer apenas ruido, ya que sus pasos eran amortiguados por la arena. Sin embargo, el dios lobo intuyó su presencia y le saludó, sin dejar de mirar al horizonte.

—Buenos días, Navy.

—Buenos días, maestro. Estoy listo para empezar el entrenamiento.

—Me alegra oír eso. Pero antes, escucha el sonido del mar.

Anaiyu se quedó en silencio durante unos segundos...

—¿Lo oyes? También el mar nos habla, debemos aprender a escucharlo, pero no con los oídos, sino con el corazón.

Navy escuchó con atención, pero no conseguía oír otra cosa que el sonido típico de las olas rompiendo en la playa.

—¿A qué te refieres cuando dices que el mar nos habla?

—No te preocupes, ya lo entenderás —contestó Anaiyu sonriendo al ver la cara de perplejidad de su pupilo—. Supongo que te estás preguntando por qué estamos aquí.

Navy asintió con la cabeza.

—En tu entrenamiento vas a tener que aprender a controlar los elementos de la Naturaleza. Lo primero que te voy a enseñar es a dominar el agua, por eso nos encontramos en esta playa.

Anaiyu avanzó y le hizo un gesto a Navy para que se quitara la ropa y sintiera el agua en sus pies y el viento en su piel. El chico lo entendió y se quitó su túnica, quedándose con un taparrabos.

—En primer lugar, tienes que aprender a copiar los movimientos del mar, el vaivén de las olas —continuó Anaiyu, mientras se adentraban en el agua—. ¡Cierra los ojos! Siente cómo se mueve el agua. Sumérgete en su movimiento... Déjate llevar, ahoga toda resistencia, déjate fluir. Tienes que ser uno con el agua...

Navy cerró los ojos y se concentró en la voz de su maestro, que sonaba acompasada con el sonido de las olas como si estas fueran la melodía de fondo sobre la cual Anaiyu estuviese entonando una canción.

—Ahora concéntrate en ese movimiento de las olas —prosiguió Anaiyu—. Permite que tus brazos se integren en él. Deslízalos hacia un lado y hacia otro, cambia de posición y mira hacia el mar abierto. Entonces, poco a poco, mueve tus brazos de arriba a abajo hasta que sientas que eres uno con el mar. Siente su fuerza, su energía, su poder...

Navy notaba cómo su mente se adecuaba al ritmo de las olas y cómo su espíritu se unía poco a poco al del mar, llenándose de una energía que crecía en su interior, lo que le hacía sentirse poderoso.

Pero pronto, esa energía empezó a crecer de una manera desbordada, provocándole una sensación de descontrol. Justo en ese momento se percató de que el suave sonido de las olas se había convertido en un enorme estruendo, casi como un grito. Dominado por la inquietud, no pudo evitar abrir los ojos para encontrarse con una gran pared de agua que se alzaba delante de él.

—Navy... ¡cuidado! —gritó Anaiyu.

Entonces la gran ola cayó, arrastrando el cuerpo del chico con una fuerza descomunal. Navy se encontró de repente sumergido en un torbellino, incapaz de orientarse ni de oponer resistencia a la corriente que le arrastraba y le revolcaba por el fondo de la playa. Fueron apenas unos segundos, pero a Navy se le hicieron interminables. Afortunadamente, notó que una mano le agarraba por el brazo y le ayudaba a salir a la superficie. Era Anaiyu, que había acudido en su auxilio y que lo arrastraba hacia la playa. Para sacar el líquido de los pulmones de su alumno, utilizó la técnica de la dominación del agua. Navy no tardó mucho en abrir los ojos y ver a su maestro.

—¿Qué ha pasado? —dijo Navy sorprendido mientras tosía y trataba de recuperar la respiración.

—Dominaste el agua hasta crear una gran ola. ¡Fue fabuloso! —le explicó Anaiyu—. Pero perdiste la concentración y toda la fuerza de la ola se volvió en tu contra.

Navy no acababa de comprender cómo había sido capaz de levantar el agua hasta crear una ola tan inmensa, sintiéndose inseguro de su propio poder.

—Maestro ¿qué debo hacer para no perder la concentración?

—El problema no es la concentración, tu problema es el miedo. Tienes demasiadas cosas en la cabeza ¿Me equivoco?

Navy bajó la mirada, sabiendo que era verdad. Le preocupaba no estar a la altura del reto que tenía por delante y tenía miedo de la próxima batalla y de lo que pasaría en el momento decisivo. Anaiyu le puso la mano en el hombro, imaginándose las preocupaciones de Navy.

—Es normal tener dudas. Sin embargo, estas nos corroen y nos hacen perder el bien que podríamos ganar por miedo a intentarlo.

El muchacho levantó la mirada y se tranquilizó al ver la confianza que transmitían los ojos de su maestro.

—Continuemos con el entrenamiento. Ahora haremos un ejercicio mental. Sígueme.

Anaiyu comenzó a caminar por la playa con paso firme, mientras Navy lo seguía. Al llegar al otro extremo, había una plataforma hecha de cristal de cuarzo. Allí Navy iba a hacer algo que no esperaba para nada.

Capítulo 7
"La plataforma"

Anaiyu le señaló a Navy la plataforma de cuarzo que se elevaba como un muelle sobre la playa.

—¿Sabes lo que es, Navy? —preguntó Anaiyu.

—Es cuarzo rosa, creo —contestó Navy, que era muy aficionado a estudiar el poder de los minerales.

—Correcto. El cuarzo rosa tiene una relación muy especial con el agua —continuó Anaiyu—. Tu siguiente tarea será meditar en medio de la plataforma durante el tiempo necesario. De esa forma, tu conexión con el agua será potenciada y comprenderás mejor lo que tienes que hacer.

El chico caminó hacia la plataforma. Una vez allí extendió la mano para comprobar la rigidez del material: era muy sólido y al mismo tiempo su brillo, frialdad y suavidad lo hacían parecerse extrañamente a la superficie del agua. El chico se subió a la roca con determinación y comprobó que, en el centro de la misma, había un pentágono grabado con hendiduras que comenzaron a llenarse de agua. Con calma, se sentó en el centro en posición de loto, respiró profundamente y se dispuso a meditar.

Pasados unos segundos entró en un profundo estado de meditación. De repente, fue como si se hiciera de noche. Navy se encontraba solo, en la plenitud de la oscuridad, concentrado tan solo en los sonidos que le llegaban desde la orilla. Se sentía muy relajado; más de lo que nunca había estado y notó cómo la «W» de su rostro se iluminaba de nuevo. Se concentró en su propia respiración y pronto se dio cuenta de que iba al compás de las olas del mar con una armonía que se parecía a la de un coro, cuyo mensaje, por fin, entendía.

—Ahora comprendo lo que Anaiyu me dijo sobre escuchar la voz del mar —pensó Navy—. Es increíble cómo las olas nos hablan a cada uno de manera diferente. Cada uno es distinto, y por eso el mar no le habla a nadie de la misma forma...

Quiso jugar con las olas para ponerse a prueba, así que empezó a cambiar el ritmo de su respiración, alternándola entre lento y rápido. Ellas le respondían igualando su movimiento.

—¡Esto es impresionante!

Navy sintió curiosidad: ¿sería capaz de verdad de dominar el agua, de manejarla a su antojo? Levantó lentamente su brazo derecho y una ola empezó a elevarse sobre la superficie. De pronto, recordó la gran ola que lo había arrollado apenas unos minutos antes y sintió algo de temor. Sin embargo, esta vez no se dejó llevar por el miedo y comenzó a mover el brazo con calma, suavemente, como quien acaricia algo querido. Los dedos de su mano dibujaron una esfera en el aire, y el agua del mar respondió formando una gran bola líquida que se mantuvo suspendida sobre la superficie.

En ese momento, salió de la meditación, se puso en pie, abrió los ojos y comprobó que por fin había logrado controlar el agua. Y no solo en el estado de meditación, ya que la gran bola de agua permanecía suspendida en el aire.

—¡Enhorabuena Navy! ¡Lo has logrado! —dijo Anaiyu.

Entonces, el dios lobo se acercó a la plataforma que, mágicamente, se hizo un poco más grande para que cupieran los dos. Desde allí, hizo un gesto parecido al que antes había hecho Navy y levantó una bola de agua que se mantenía flotando, al lado de la otra. El maestro enseñó a su discípulo a transformar esa bola en diferentes formas más o menos reconocibles que el chico trataba de imitar. Pero esto era tan solo un juego, una especie de entretenimiento. Si de verdad quería dominar el agua, había que ir más allá.

«Navy sintió curiosidad: ¿sería capaz de verdad de dominar el agua, de manejarla a su antojo?».

Ilustración de ***Cristina Rodríguez-Acosta.***

—Prueba ahora a aprovecharte de su fuerza.

—¿A qué te refieres? —preguntó Navy.

—Mira con atención.

Anaiyu se concentró todavía más, levantó su brazo y lo bajó con fuerza. De repente, su bola de agua se convirtió en una especie de látigo que restalló con una energía descomunal, destrozando una roca que emergía sobre la superficie, no muy lejos de donde ellos estaban. Navy se quedó con la boca abierta.

—Debes interiorizar los movimientos, recrearlos en tu mente antes de expresarlos con el cuerpo. El agua hará lo que tú quieras —dijo Anaiyu.

Navy entendió perfectamente lo que estas palabras querían decir. Se concentró y consiguió imprimir al agua el movimiento de un látigo en el aire. No con tanta fuerza como la de su maestro, pero sí con una energía capaz de derribar a una persona. No le llevó mucho tiempo aprender a controlar la fuerza y la dirección del látigo. Su maestro le mostró cómo podía hacerlo sin necesidad de mover tanto los brazos, solo con la mente y un ligero movimiento de los dedos de su mano derecha.

—¿Lo ves, Navy? No es necesario ver para tener el control. Yo puedo hacerlo aquí, desde la plataforma de cuarzo, pero tú lo harás mejor dentro del agua.

Navy bajó de la plataforma y se metió en el mar, de manera que podía sentir las vibraciones del agua en sus piernas desnudas. Tomó una imagen mental de lo que tenía delante, cerró los ojos y empezó a mover las manos.

—Esto es asombroso! —dijo Navy—. Puedo ver el agua, aunque esté elevada.

—Muy bien. Ahora pondremos a prueba tus reflejos.

Anaiyu bajó de la plataforma y empezó a lanzar pequeñas bolas de hielo a través del aire. Navy intentaba esquivarlas, pero no lo conseguía. Eran demasiado rápidas para él, y hacían daño al golpear su cuerpo. De nuevo, sintió miedo, no sabía qué hacer. Entonces, se volvió a hacer de noche solo para él... El tiempo se detuvo, incluso Anaiyu permanecía quieto. De pronto, el muchacho escuchó una voz:

—Navy, tranquilo.

—¿Quién ha dicho eso? —preguntó el chico, algo temeroso.

—Soy yo, Ánzant.

La silueta del gran árbol apareció mágicamente en la oscuridad.

—¿Ánzant? ¿Cómo has aparecido?

—Parece que ya has olvidado lo que te dije. Me alojaría en tu conciencia y he venido a ayudarte —dijo Ánzant—. No temas. El agua es el elemento del cambio: cambia del estado sólido al líquido y al gaseoso. Lo que te está lanzando Anaiyu es hielo; pero el hielo es agua en estado sólido. ¿Qué crees que debes hacer? —dijo Ánzant antes de desaparecer.

Navy volvió a recobrar la sensación del paso del tiempo. Anaiyu seguía lanzando las bolas de hielo, que golpeaban el cuerpo del chico. Las palabras de Ánzant volvieron a resonar en su cabeza: «¿Qué crees que debes hacer?». Se concentró al máximo y, con un suave movimiento de sus brazos, consiguió proyectar toda su energía hacia las bolas de hielo, de manera que estas llegaban a él convertidas en una fina lluvia que, lejos de herirle, le refrescaban.

Anaiyu sonrió, sabiendo que lo había entendido. Ahora sí, Navy comprendía al agua. Pero todavía quiso ponerle a prueba una vez más: las bolas de hielo empezaron a hacerse más grandes, ya no eran pequeñas bolitas parecidas al granizo, sino auténticos bloques de hielo que podían aplastar a una persona bajo su peso, y venían directos hacia él. Esta vez, Navy ni siquiera tuvo tiempo de pensar: su instinto le dijo que convertir el hielo en agua no era suficiente, así que sin saber muy bien cómo, con un enérgico movimiento de sus brazos construyó un sólido muro de hielo justo a tiempo... Con un estruendo brutal, los bloques de hielo que le lanzaba Anaiyu se estrellaron contra la pared mientras él, al otro lado, permanecía a salvo. Después, se hizo el silencio.

—¡Muy bien, Navy! ¡Así se hace! —dijo por fin Anaiyu.

El chico permanecía con los ojos cerrados por el susto, pero, en cuanto escuchó a su maestro, los abrió y vio lo que había creado. Al relajar sus músculos, la pared de hielo se deshizo y se disolvió en el agua. Navy, sorprendido, descubrió que las palmas de sus manos tenían un leve brillo. Ahora sabía que lo había conseguido: había aprendido a dominar el agua.

Capítulo 8
"El retorno"

Durante los siguientes días, Navy continuó entrenando con Anaiyu para perfeccionar su dominio del agua. La voz del mar ya le era tan familiar como la suya propia, y cada vez era capaz de crear formas más perfectas y movimientos más precisos, pero el entrenamiento era duro y cansado. Por eso se alegró tanto el día que la rutina se rompió con la llegada de una visita inesperada.

Aquel día se había levantado y había acudido a la playa para continuar con su entrenamiento, acompañado, como siempre, por Anaiyu. De repente, se fijó en una silueta de una gran ave que apareció en el horizonte y que se acercaba volando con gran majestuosidad.

Apenas lo podía creer. ¡Era Owlen! Su amigo regresaba después de haberse recuperado por completo en el hospital espiritual, por eso, no pudo evitar romper a llorar de alegría cuando el ave se posó muy cerca de él y le saludó.

—Hola Navy, he vuelto —dijo con voz cariñosa el ave.

—¡Owlen, buen amigo!

Los dos se abrazaron con fuerza, emocionados por el reencuentro, mientras Anaiyu los miraba con una sonrisa.

—Hola, Owlen. Veo que estás recuperado ¡Eres duro de vencer! —dijo Anaiyu.

—Hola Anaiyu. Hace falta algo más que un rayo para acabar conmigo —fanfarroneó el búho.

—Me alegro de que estés aquí. Navy ha hecho grandes progresos con el agua.

—Ah ¿sí? Me gustaría verlos.

Navy y Anaiyu asintieron con la cabeza y se miraron con complicidad. El maestro estaba orgulloso del muchacho y el chico ansioso por demostrar sus progresos a su amigo alado.

—Vamos Navy, demuéstrale lo que eres capaz de hacer —dijo Anaiyu— Owlen pondrá a prueba tu entrenamiento. Pero antes, ponte esto.

Anaiyu le entregó una especie de calzón hecho de seda parecido al que usan los luchadores de sumo.

—¿Qué es?

—Es un fudoshi —explicó Anaiyu—. Es una prenda ritual que llevaban los samuráis en el Japón feudal. Simboliza el deseo del guerrero de mostrar que se enfrenta a la lucha de una manera limpia. Deberás llevarlo durante los próximos entrenamientos.

Navy se quitó su túnica y se puso el fudoshi que le había entregado Anaiyu. Sin pensarlo, los tres se dirigieron a la plataforma de cuarzo. Una vez allí, el chico se concentró y se puso en guardia. Esta vez su cuerpo marcaba una postura de combate, las palmas de sus manos y la «W» de su rostro comenzaron a brillar...

—Estoy listo, Owlen.

Mientras Navy esperaba a que su oponente hiciera el primer movimiento, recordó las palabras que Anaiyu le dijo unos días atrás: «Owlen será tu maestro del aire. Él te probará para saber si puedes seguir sus enseñanzas y dominar también este otro elemento».

De repente, Owlen abrió sus enormes alas y comenzó a agitarlas muy deprisa, creando un remolino de viento que estuvo a punto de echar a Navy de la plataforma de cuarzo. Sin embargo, el chico demostró sus reflejos realizando una pequeña voltereta que le permitió escapar del torbellino y recuperar el equilibrio.

El muchacho inició su contraataque: controló el agua aplicando la técnica del látigo y golpeando a Owlen en un ala. Eso provocó que el torbellino de viento se detuviese.

—Mmmm. No está mal, Navy —dijo Owlen, sonriendo— Pero a ver cómo reaccionas ante esto.

Owlen cruzó sus alas por delante de su cuerpo, cerró los ojos y bajó la cabeza. Inmediatamente, todo su cuerpo comenzó a experimentar una transformación, al tiempo que desprendía una luz brillante que obligó a Navy a cerrar los ojos. Cuando los volvió a abrir vio que el cuerpo del búho había cambiado por completo.

—Esta es mi forma de combate. ¿Qué te parece?

El maestro se había transformado en un joven muy fuerte con alas en la espalda. El pelo de su cabeza era completamente blanco, del mismo tono luminoso que las plumas de las alas; sus ojos, de un amarillo intenso, le miraban fijamente. Navy se quedó impresionado, nunca se hubiera imaginado que Owlen fuera capaz de hacer eso... Pero apenas tuvo tiempo de reaccionar, porque, en seguida, un nuevo batir de alas le hizo ver que el combate no había terminado. Esta vez, el torbellino era tan intenso que la técnica del látigo de agua no era suficiente para pararlo. Además, Owlen, en su figura semi humana, volaba de aquí para allá con agilidad, desconcertando a Navy. El joven guerrero tuvo que improvisar otra estrategia, así que movió sus manos rápidamente generando bolas de agua que se convertían en hielo con forma de lanzas kunai. El movimiento de sus brazos hacía que estas lanzas de hielo fueran lanzadas contra Owlen, que, a pesar de sus rápidos movimientos, no podía impedir que algunas le rozasen y le arañasen.

—¡Lanzas kunai! Le has enseñado bien, Anaiyu —dijo el búho mientras trataba de defenderse del ataque.

—Yo no se lo enseñé, ha sido él. Debió conocer esta arma en la Tierra— contestó Anaiyu.

—Estupendo. Creo que tendré que ponerlo a prueba con mi verdadera fuerza.

Owlen comenzó a realizar movimientos circulares con todo su cuerpo. Brazos y manos se movían en círculos cada vez más amplios, al igual que sus alas. Una fuerte corriente de aire comenzó a rodearle. Entonces, volvió a mirar fijamente a Navy y con un movimiento de manos sacó una gran ráfaga de viento que propulsó desde el centro de su cuerpo. El muchacho, sin apenas tiempo para pensar, construyó una pared de hielo para protegerse. Sin embargo, la fuerza de la ráfaga era tan brutal que el muro helado apenas era capaz de aguantarla. Owlen prosiguió con su ataque: las ráfagas de viento cada vez eran más rápidas y fuertes. La pared defensiva se desmoronaba poco a poco y los trozos de hielo, impulsados por el viento, golpeaban a Navy, que no sabía cómo defenderse y comenzaba a desesperarse.

—No sé qué hacer—se dijo a sí mismo Navy.

Entonces, recordó las palabras de Ánzant: «solo confía en tu instinto, él te dará la clave». Respiró profundamente y se concentró en los movimientos de Owlen. Sin darse cuenta, con su mano consiguió redirigir una de las ráfagas. El búho se sorprendió al ver la respuesta del discípulo.

—¿Cómo ha aprendido ese movimiento? —se preguntó también Anaiyu, que observaba el combate con interés.

Tocado en su orgullo, Owlen redobló su esfuerzo y lanzó una ráfaga de viento todavía más poderosa... Navy volvió a realizar el mismo movimiento de antes, pero esta vez no lo ejecutó correctamente y la ráfaga, lejos de desviarse, chocó contra él con tal violencia que lo elevó varios metros por encima de la plataforma de cuarzo.

—¡Cuidado, Navy! ¡No pierdas la concentración! —gritó Anaiyu.

Pero ya era tarde. A merced del viento, Navy voló como si fuera una hoja seca hasta que su cuerpo cayó al suelo y su cabeza se golpeó contra un canto del cuarzo, quedando inconsciente.

«El joven guerrero tuvo que improvisar otra estrategia, así que movió sus manos rápidamente generando bolas de agua que se convertían en hielo con forma de lanzas kunai».

Ilustración de ***Cristina Rodríguez-Acosta.***

Capítulo 9
“El mal”

Navy se sintió transportado a un plano astral completamente diferente. Su mente funcionaba de una manera confusa, imprecisa, como si estuviera sumido en un estado onírico. Era absolutamente incapaz de explicar dónde estaba ni cómo había llegado allí.

De repente ya no se encontraba en la playa, sino rodeado por un inmenso bosque al que apenas llegaba la luz. Ni rastro de Owlen y Anaiyu. Hacía frío. Se encontraba solo, perdido, indefenso. La cabeza le dolía por el golpe, pero lo peor era la sensación de angustia y de estrés que se apoderó de su ser. De alguna manera sabía que en ese estado mental estaba expuesto a sus temores más profundos. Lleno de miedo, Navy comenzó a mirar a su alrededor. Apenas podía distinguir lo que veía.

—¡Ah! ¡No veo nada! ¿Cómo saldré de aquí? ¡No quiero estar solo!

La sensación cada vez era más opresiva. Navy se sentía devorado por la angustia. Los músculos de su rostro indicaban la frustración y la impotencia de no saber por qué estaba ahí, perdido en la inmensidad del oscuro bosque. Y, sobre todo, experimentaba la rabia por lo que hubiera podido ocurrirle a sus amigos. Un grito desesperado brotó de su garganta.

—¡¡Eh!!! ¿Owlen? ¿Anaiyu? ¿Me oís? ¡¡Ayudaaaa!!!

No recibió respuesta, pero en ese momento de angustia máxima Navy percibió una energía negativa, una presencia amenazadora. No lo veía, pero intuía que algo o alguien estaba ahí y pretendía apoderarse de él.

—¿Qué es esto? ¿Quién anda ahí?

—¡Tranquilo! Yo te ayudaré —dijo alguien a quien no llegaba a ver.

La voz que le hablaba sonaba de cualquier forma menos tranquilizadora. Más bien tenía un tono sarcástico y amenazante. Ni siquiera se podía decir que fuera una voz humana, más bien era como si algo o alguien hablase desde el interior mismo de Navy... Su respiración se aceleró. Apenas se atrevía a preguntar.

—¿Quién eres? ¿Dónde estás?

—Sabes perfectamente quién soy.

—¿Sylas?

—¡Así es! Soy yo. Ahora estás en mi dimensión. Espero que te guste porque estarás aquí mucho tiempo, mientras yo visito a tus amigos en el plano en el que habitabas. Aunque antes necesito que me entregues algo.

Navy no sabía a qué podía estar refiriéndose. Pero entonces notó que su amuleto empezaba a vibrar sobre su pecho y a elevarse, como si fuese atraído por una misteriosa fuerza magnética e intuyó que, si no lo impedía, estaría perdido. Así que, a pesar del miedo, trató de resistirse y lo cogió con fuerza.

—¡Nooooo!

—Tú sensación de miedo me gusta... Tranquilo, no durará mucho, pronto la única sensación que te dominará es la de abandono y derrota —amenazó Sylas, riendo maléficamente. —Suéltalo. No tiene sentido que sigas resistiéndote.

Como en una mala pesadilla, Navy notaba que esa energía negativa se apoderaba poco a poco de él. No podía evitar que su voluntad se viera sometida a la influencia de ese ser al que ni siquiera podía ver, pero que demostraba tener una inmensa fuerza mental.

«La sensación cada vez era más opresiva. Navy se sentía devorado por la angustia».

Ilustración de ***Christian Vega Llamazares.***

Casi estaba a punto de rendirse y soltar el amuleto cuando, de repente, pasó algo. Una bola de energía surgió de la nada iluminándolo todo con un gran destello. Navy apenas pudo intuir la oscura silueta de Sylas antes de que sus ojos fueran cegados por aquel resplandor. La poderosa fuerza que pretendía arrebatarle el amuleto se debilitó de golpe, al tiempo que se escuchó una voz femenina que se imponía a la presencia negativa.

—¡Deja en paz al chico!

—¡Arrggg! ¡Maldita seas, Magena! — gritó enfurecido Sylas—¡Ni siquiera toda vuestra fuerza junta impedirá que consiga mi objetivo!

Navy seguía sin ver nada, pero se dio cuenta de que la voz de Sylas, que antes sonaba dentro de su cabeza, se escuchaba ahora cada vez más lejana, aunque tuvo tiempo de escuchar la última amenaza que le lanzaba:

—Volveremos a encontrarnos, chico, y te derrotaré. No importa cuánto tarde y cuánta ayuda tengas. ¡¡¡Te destruiré!!! —juró Sylas.

—¡Vámonos! tenemos que salir de aquí —dijo la voz femenina.

Capítulo 10
"La luna"

Navy sintió que era transportado a otro plano astral, sin embargo, esta vez la sensación era muy diferente: notaba paz y seguridad, como si estuviese recibiendo un largo abrazo que le hacía sentir protegido... Donde antes había un bosque oscuro y terrible, ahora todo era un ambiente agradable y luminoso. Tan intensa era la luz que sus ojos tardaron varios minutos en acostumbrarse a ella.

—¿Dónde estoy? ¿Qué es esta paz que siento? —se preguntó a sí mismo.

—Bienvenido Navy—dijo la misma voz femenina que había escuchado antes.

Por fin, sus ojos empezaron a vislumbrar la figura de una mujer vestida con ropa nativa norteamericana, su piel era oscura, con una luminosidad que reflejaba los tonos marrones y rojizos de su gente.

—¿Quién eres tú? —preguntó Navy.

—Soy Magena, el espíritu de la luna.

—¿Qué ha pasado? ¿Dónde estamos?

—Tranquilo, estamos en mi reino, lejos de la oscuridad en la que se mueve Sylas. Él se aprovechó de tu debilidad para intentar dominar tus emociones y arrebatarte el amuleto.

—Sí, creo que nunca he pasado tanto miedo —contestó Navy, todavía conmocionado por su encuentro—. Por suerte, apareciste tú... ¿Cómo lo hiciste?

—Ya te he dicho que soy el espíritu de la luna, soy omnipresente. Percibí la gran energía negativa de Sylas y fui en tu ayuda. Ahora estarás aquí, en mi mundo, para recuperar tus fuerzas y así poder despertar del sueño en el que te encuentras sumergido.

—¿Cómo? ¿Qué sueño?

—En el entrenamiento con Owlen tuviste un accidente y te golpeaste la nuca, entonces tu mente se transportó a esta realidad.

—¿Owlen y Anaiyu están bien?

—Sí, están meditando ahora mismo para ayudarte, te transferirán parte de su energía para que despiertes.

—¿Despertarme? ¿Entonces todo esto no ha sido más que un sueño?

— No exactamente. Nuestros sueños son capaces de hacernos llegar a otras dimensiones que no podríamos alcanzar de otra forma.

—Pero ¿todo esto no es real? ¡Estoy muy confuso!

—Mira a tu alrededor y juzga por ti mismo.

Navy se puso en pie y, con una sensación extraña, percibió que estaba entre diversos planetas. El sitio era inmenso, con miles de puntos brillantes que parecían estrellas. Entonces, al girar su cabeza a su izquierda, vio un planeta que le resultaba familiar.

—¿Es la Tierra?

—No, es Sílcux. El planeta donde has estado entrenándote. No puede ser la Tierra, recuerda que estamos en una dimensión diferente.

Navy estaba sorprendido. Aquellos planetas que veía eran corpóreos, y casi parecía que podía alcanzarlos con la mano. Y, al mismo tiempo, todo cobraba una sensación de irrealidad desconcertante.

«Por fin, sus ojos empezaron a vislumbrar la figura de una mujer vestida con ropa nativa norteamericana».
Ilustración de ***Sonia Santandreu.***

—Este lugar es tan agradable —confesó Navy en voz alta—. Es tan diferente del bosque tenebroso en el que me encontré con Sylas.

—Y, sin embargo, los dos están en el mismo sitio: en tu interior.

—¿Quieres decir en mi imaginación?

—Quiero decir que están en ti. Cuando te golpeaste con la piedra, tu mente quedó indefensa y fue tu

propio miedo el que te llevó a ese lugar de tinieblas. Sylas solo tuvo que esperar a que eso sucediese para atacarte.

—Entonces ¿Sylas forma parte de mi pesadilla?

—Así es, pero igual que tú has viajado a ese plano dimensional, las pesadillas también pueden hacerse reales, por eso quería tu amuleto.

—Es cierto, trató de quitármelo ¿por qué?

—Sylas necesita de algún elemento material para hacerse real. Tu amuleto está lleno de poder mágico, por eso debes protegerlo. Si lograse arrebatártelo, podría moverse al plano de lo corpóreo y entonces...

Navy trataba de asimilar las palabras de Magena, pero su mente estaba todavía confusa, y su confusión aumentó cuando escuchó unas voces que parecían llamarle desde lejos, distrayéndolo de la conversación.

—¡¡Navy!! ¡¡Navy!!!

Las voces le resultaban familiares, aunque era incapaz de saber de dónde provenían, sonaban tan lejanas... De nuevo miró a Magena, que le transmitió tranquilidad con su sonrisa.

—Son tus amigos, Owlen y Anaiyu. Están traspasándote su energía para que vuelvas con ellos. Ahora debes recostarte en el suelo y relajarte.

Navy obedeció a Magena: se tumbó sobre el suelo y trató de tranquilizarse, respirando profundamente. Magena se acercó a él y lo envolvió en un halo de luz radiante.

Printed in Poland
by Amazon Fulfillment
Poland Sp. z o.o., Wrocław

87713200R00038